AVENTURES

DANS LE JARDIN DE L'AVARICE;

COMBAT

CONTRE UN SINGE

DANS LA VALLÉE DE MISÈRE.

Poëme Allégorique ,

Par M.ʳ Aᴉʟʟᴀᴜᴅ.

A MARSEILLE;

De l'Imprimerie d'H.ré Tᴇʀʀᴀꜱꜱᴏɴ, Rue
des Fabres, N.º 46, près le Cul-de-Bœuf.

1813.

EXPLICATION
DES ALLÉGORIES.

Cet opuscule indique que, sous un certain rapport, les richesses exercent une influence funeste sur les mœurs.

Plutus, en spectre hideux, représente l'Or encore enfoui dans le sein de la terre. Le spectre change et devient radieux : = c'est l'Or poli et ouvré qui, vû dans tout son éclat, excite le désir de l'homme.

Le jardin, où naissent tant de richesses, indique que l'Or représente toutes les productions de l'art et de la nature, comme toutes les productions représentent l'Or.

Les emblèmes de L'avarice, le caractère donné à ce vice divinisé, indiquent les vils moyens que les cœurs pervertis mettent en œuvre pour acquérir des richesses et combien ils abusent de l'espèce de puissance qu'elles donnent , tandisque l'homme modeste voit ses espérances déçues , qu'il est dépouillé, bafoué et livré aux escrocs subalternes représentés par le singe de marfiction.

Zéphir est l'ami bienfesant qui donne quelque soulagement à l'infortuné.

Ces Allégories me paraissent si frappantes qu'il serait inutile , je crois , d'en pousser plus loin l'explication.

AVENTURES
DANS LE JARDIN DE L'AVARICE,
COMBAT
CONTRE UN SINGE
DANS LA VALLÉE DE MISÈRE.

EST-ce que ma vue est troublée
Par quelque prestige nouveau ?
Quel est ce crêpe noir dont la terre est voilée ?
Suis-je dans l'horreur du tombeau ?
Une épaisse nuit m'environne,
Je marche en tremblant, je tâtonne
Au travers d'un néant affreux,
Et, cherchant la clarté céleste,
J'entrevois un spectre funeste
Armé d'un flambeau ténébreux.

Il parle ! . . » le destin propice
M'a tiré du fond des enfers.
Il veut que désormais ma puissance régisse
Tout ce qui vit dans l'univers.
Rassure ton ame tremblante,
Fixe ta marche chancelante,
Dans ma splendeur contemple moi ;
Tu ne pourras point méconnaître

Plutus qui protège ton être ,
Et dont tout révére la loi. »

Ce spectre à hideuse figure
Change et devient tout radieux.
De son flambeau jaillit une lumière pure
Qui frappe et réjouit mes yeux.
Son visage , qui se colore,
Ressemble au vermeil dont l'aurore
Orne les portes du matin ,
Et , dissipant la nuit profonde ,
Son Regard semble rendre au monde
L'éclat du jour le plus serein.

Dans une vallée inconnue
Où je me trouve transporté ,
Mille objets ravissans éblouissent ma vue
Par leur étonnante beauté.
Là, sur des terres azurées ,
Des paillettes d'or colorées
Forment un gazon de métal :
Là, l'onde pure qui serpente ,
Et qui féconde chaque plante ,
Parait un fluïde cristal.

l'Or ou l'Argent ou le Platine
Sur l'arbre s'arrondit en fruit.
l'Agate embrasse l'arbre, en vigne se dessine,
Les perles en sont le produit.
Les jonquilles, les tubereuses ,
Ce sont des pierres précieuses ,

La groseille est un vrai corail ;
Un papillon doré se pose
Sur le Grenat qu'il prend pour rose,
Sur l'œillet qui n'est qu'un émail.

Salut !.. pays de la richesse !..
Chantons une hymne au dieu Plutus !
Puisque l'Or donne tout, plaisirs, honneurs,
sagesse,
Science, talens et vertus,
Soyons riche !.. Un dieu nous l'ordonne :
Prenons ce que sa bonté donne ;
Arrachons l'Or à belles mains !
Des dieux puissance sécourable !..
Un instant fait d'un misérable
Le plus fortuné des humains !

Dans cette agréable pensée,
J'attaque l'arbre à pommes d'or,
J'en poursuis un rameau ; mais ma main abusée
Fait, pour l'atteindre, un vain effort.
Se jouant autour de ma tête,
Le fruit se baisse et puis s'arrête
Près de ma main qui le poursuit :
Trois fois je le tiens, je le presse,
Trois fois le rameau se redresse,
M'échappe en glissant et s'enfuit.

Telle est une beauté cruelle
Qui, pour amuser ses loisirs,

Pour mettre au désespoir l'amant trop épris
          d'elle,
   Présente un leurre à ses désirs.
   Elle va, revient et folâtre,
   Laisse entrevoir son sein d'albâtre.
   Des yeux apelle son vainqueur...
   Il vient!... au moment qu'il se flatte,
   L'espiègle, en échappant, éclatte
   D'un rire méchant et moqueur.

     Peut-être pourrons-nous, me dis-je,
   Atteindre un plus modeste don;
Une perle, un rubis, l'insecte qui voltige,
   Et quelques brins de ce gazon!
   » Non; me crie une voix terrible;
   D'un dieu la puissance invisible
   Viendra toujours t'en empêcher.
   Ces trésors que ton cœur désire
   Sont faits pour l'œil qui les admire,
   Ma propre main n'ose y toucher. »

     D'un œil inquiet j'examine
   D'où part le cri qui m'a troublé,
Et vois sur le sommet du côteau qui domine,
   La déesse qui m'a parlé!
   Malgré ma frayeur et ma peine,
   L'espoir de la flêchir m'entraîne,
   Je vais, foulant l'or sous mes pas,
   J'arrive, et, sur un frontispice

Je lis : » PALAIS DE L'AVARICE :
» Regardez ; mais ne touchez pas.

C'est un antre dont la matière
Peut seule arrêter l'œil surpris.
Il fut taillé sans forme et d'une main grossière,
Dans un vaste roc de rubis.
La façade en est décorée
De floccons de mousse dorée,
Inégaux et sans ordre épars.
Pour veiller à ce qu'il recelle,
Sur le seuil est en sentinelle
La Méfiance aux yeux hagards.

En soins l'Avarice s'épuise.
Ou du sommet de son côteau
Elle roule un œil louche, ou près de l'antre
assise,
Elle gronde et tient son bureau.
Fouillant dans mainte papérasse,
Calculs, sur calculs elle entasse,
Et se dessêche en calculant.
Si de fatigue elle someille,
Le Soupçon lui parle à l'oreille,
Et son œil se r'ouvre à l'instant.

Debout près d'elle, la Colère
Tient une torche, un porte voix.
La fraude la conseille et, cherchant à lui plaire,
Forge des titres et des droits.
La Ruse sourit et regarde ;

La Méfiance, pour sa garde,
Amène un essaim de soucis,
Et, la bouche toujours béante,
La Cupidité lui présente
Des trésors sans-cesse grossis.

Elle borne sa nourriture
Au pain pour Cerbere apprêté.
Des marais infernaux elle boit l'onde impure
Que va puiser l'Anxièté.
Craignant d'entamer sa richesse,
La hideuse et triste déesse
Ne prend que ces vils alimens,
Et sa servante, la Lésine,
Chez la Misére sa voisine
Va lui choisir des vêtemens.

On connaît l'époque certaine,
Le dégré de maturité.
Où la main peut aller dans ce riche domaine,
Prendre et cueillir à volonté.
C'est aux enfans de la Misére
Que, sous promesse de salaire,
Pour les travaux on a recours :
Mais l'Avarice les abuse.
Dans le traité qu'écrit la Ruse,
Tout est mensonge et vains détours.

Cependant la troupe indigente,
Que flatte un espoir mensonger,
Se livre au dur travail et sa main diligente

Dépouille prairie et verger.
Tant de richesses sont perdues :
Car l'Avarice aux mains crochues
En fait aussitôt son butin.
Tout est mis dans des caveaux sombres,
Voisins de l'empire des ombres.
Fermés de trois portes d'airain.

Cette récolte ainsi perçue,
Les ouvriers tendent la main.
Leur troupe misérable indignement deçue
Ne reçoit qu'un salaire vain.
» Mes enfans, leur dit l'Avarice,
Que votre cœur s'enorgueillisse,
Vos travaux sont appréciés.
L'aveu de ma reconnaissance
Est la plus belle récompense,
Dont vous puissiez être payés. »

Ils écoutent tout sans se plaindre,
Sans pousser le moindre soupir.
Les dieux qu'on n'aime point sont bien ceux qu'il faut craindre.
Fuyons-les, ou sachons souffrir.
C'est ce qu'enseigne la Misère,
Cette tendre et plaintive mère,
Aux enfans qu'elle eut du Malheur.
Leur cœur au précepte est docile,
Ils reviennent dans leur azile,
Se nourrir d'un pain de douleur.

Et moi, tel qu'un captif timide
Courbé sous l'arabe insolent,
Sur la divinité qui, dans ce lieu prèside,
Je leve les yeux en tremblant.
D'un mortel excusez l'audace.
Les dieux sont dieux pour faire grâce.
Adorer c'est notre devoir.
Une puissance inrrésistible
M'a poussé vers ce lieu terrible
Où j'arrive, sans le savoir.

  » Sois libre, dit-elle, et sur l'heure,
Par ce chemin tu peux partir.
De la Misère il faut traverser la demeure,
Heureux si tu sais en sortir ! »
A l'instant la Fraude s'approche,
Et, glissant sa main dans ma poche.
De ma bourse fait son butin...
  » C'est tout mon bien. Pour mon voyage..
  » De ta foi nous aurons ce gage ;
Ce dépôt reste dans ma main. »

  Je prens en silence et bien vîte
Le chemin que l'on m'a tracé.
La Méfiance observe et lance à ma poursuite
Un Cerbere au poil hérissé.
L'effroi qui me saisit m'entraîne
Et me conduit tout hors d'haleine
Au bord d'un précipice affreux !
Dans le fond s'ouvre une vallée

Stérile et toute dépouillée,
Triste azile des malheureux.

Il faut ici que je périsse !
Comment puis-je éviter ce sort ?
Le monstre avance et gronde, et là le précipice
Pour recours n'offre que la mort.!...
Enfin mon cœur à l'espoir s'ouvre !
Mon œil, quoique troublé, découvre
Une échelle à mille échelons !,..
Ayons la main de la Prudence
Et les yeux de la Prévoyance,
Sauvons-nous dans ces lieux profonds.

Je me suspends sur cet abîme.
Sans oser trop m'aventurer.
Ma main, se cramponnant, d'un roc saisit
la cime ,
Mes pieds cherchent à s'assurer.
Soudain le monstre se présente
L'œil en feu, la gueule écumante,
Bondit et fond avec fureur.
Un mouvement d'horreur subite
De l'échelle me précipite,
Et je pousse un cri de terreur.

A ce cri, dont son cœur s'afflige,
Zéphir témoin de mon revers,
Me soutient par son souffle, autour de moi.
voltige,
Et me balance dans les airs.

Ma chûte, alors mois périlleuse,
Dans une mare limoneuse,
Sans me blesser me fait plonger.
De ce marais de la Misère,
Quel appui, quel bras salutaire,
Quel dieu viendra me dégager?

Un singe d'énorme stature,
Errant sur les bords du marais,
Grimaçait et riait de ma triste aventure
Et des efforts que je fesais.
Sous le manteau de l'Artifice
Ce monstre cachant sa malice,
Paraît un homme et fait le beau!
N'osant me regarder en face,
Après m'avoir fait la grimace,
Il se couvrait de son manteau.

C'est une espèce de vampire
Tourmenté de projets affreux,
Qui, sans cesse agité par un sombre délire,
Suce le sang des malheureux.
Sa bouche en est toujours fumante,
Et sa dent, de rage écumante,
Dépece un homme sans effort.
Armé des serpens de l'Envie,
Du poignard de la Calomnie,
Il m'attendait sur l'autre bord.

A l'aspect du monstre sauvage,
Je saisis un tronçon d'osier.

Le désespoir me rend la force et le courage,
Je me retire du bourbier.
J'avance et fais pleuvoir la boue.
Le singe, qui fesait la moue,
Est par ce déluge surpris,
Il perd la vue, et moi, je frappe!...
Mon bras le désarme,...il m'echappe,
Il fuit en poussant de grands cris.

Ces cris entendus à la ronde,
Les habitans de ces déserts
Viennent à mon secours et font claquer la
fronde,
Les pierres sifflent dant les airs.
Nous nous mettons à la poursuite;
Mais le singe, pressant sa fuite,
Dépasse bientôt les vallons :
Aux précipices il s'accroche,
Et, se guindant de roche en roche,
Il franchit le sommet des monts.

MORPHÉE alors, de ma paupière
Otant brusquement ses pavots,
Le songe disparait .... seul, j'attends la
lumière ;
Mais non point la fin de mes maux.
Effrayé de ma solitude,
Dans les bras de l'inquiétude
Je tombe accablé de douleur,
Mon ame du songe troublée,

www.ingramcontent.com/pod-product-compliance
Lightning Source LLC
Chambersburg PA
CBHW061422170626
46811CB00005B/2081